풍경과 시가 흐르는

드들강 편지

풍 경 과 시 가 흐 르 는

드들강 편지

김황흠 시화집

드들강에 첫발을 내디딘 순간부터 나는 천연의 드들강과
절정의 시간을 함께한 마지막 사람이 될지 모른다는 예감에
사로잡혀 있었다. 그 불안은 영산강 4대강 사업과 드들강 생태하천
조성사업이란 미명하에 돌이킬 수 없는 현실이 되었다.
그리고 드들강 본연의 모습을 기억할 수 있는 사람들과 자료는
점점 간데없이 소실되어 간다. 드들강도 여느 강처럼 홍수로 인해
범람하면 그 주변의 들판은 피해가 막심했다. 마을을 통째로
삼킬 듯 치밀어 올라오던 강물의 위력에 대한 기억은
아직도 오금을 저리게 한다. 그러나 그보다도 겨울이면 드들강이
보여 주는 눈부신 청둥오리 떼의 군무는 잠시나마
혹한의 시름을 잊게 할 만큼 황홀했다. 아이들이 발가벗고

물장구치던 전천후 공동 목욕탕이자 아낙네들의 공동 세탁소이며
소와 사람이 함께 목을 축이던 공동 우물이기도 하던 드들강에
대한 기억은 내 생애에서 가장 소중하고 아름다운 추억이다.
반복하지만 자연을 소유하거나 정복하려고 드는 건 인간의
오만이다. 그러기에 다만 드들강을 지켜보며 강의 흐름과 시간의
보폭을 맞추던 무수한 선인들이 있었다. 그들은 모두가 나름대로
빼어난 시인이요 사진작가였다. 나는 그들의 발자국이 서린
드들강을 실록처럼 소중히 기억할 것이다. 그 기억을 이제야
사진과 시로 엮는다.

2018년 가을 김황흠

차례

제2부

제3부

제4부

제1부

너는 거기에 있고

수고로운 일로 미처 지켜보지 못한 틈에도
강은 마냥 푸른 시간이다 그 흐름으로
하늘을 담아내는 강물은
기다리지 않아도 오고
배웅하지 않아도 모래톱 건드리며 간다

대한을 지나며

찬바람 쌩쌩 부는 강변
웬 먹을 것 있다고
강변 아카시아 앙상한 가지에
참새 떼 다닥다닥 붙었다
지저귀는 소리만 서 말

강가에서 줍는 해 발자국

회색 구름 일렁이는 사이로
숨 가쁘게 빠져 나온 햇살이
노을이 되어 강기슭을 어루만지자
흔들거리는 물살이 잠시
화들짝 낯꽃을 편다

조팝나무 꽃

강변 길 따라 울타리를 이룬 조팝나무 꽃
화드득 꽃 세상을 이뤘다
겨우내 숨죽인 자리
텃세라도 부리듯 벌과 나비 찾아들고
꽃 앞에서는 모두가 일동 경례다

강 한 바퀴

강변 청초한 풀잎이 바람결에
푸들강아지 꼬리처럼 흔들리고 있다
살아 있는 몸은 저렇게 흔들림으로 숨을 쉰다
드들강 소리도 윤슬도 물결도
저마다 흔들리며 맞장구를 친다

야윈 강을 보며

한살 푸르름으로 치렁거리던 시간이
무서리를 흠뻑 뒤집어쓰고 있다
기대어 흐르고 싶은 물살은 저만치 멀어져 간다
고요하다는 것은 다 삭아 이우러진 몸 하나일까
물결 소리만 어둠에 자작자작 스며든다

한줄기로 흘러 어디에서 만나는가

방죽 길 얼어붙은 서리를 밟는다
밟혀야 비로소 껍데기를 깨트리는
저 속의 응어리는 날선 사금파리다
강물은 얼마나 많은 청둥오리 떼 부리에 쪼여야
그 아픈 내장으로 굽이굽이 서해에 이를까

물 위의 詩

오랜 세월이 다녔을 길
땅 어디에도 뿌리내리지 못하고
조용히 속으로만 천 근 울음
꽃이 환하게 흐드러지는 날이어도
뉘우치지 못한 발자국 어지럽습니다

생태하천 정비·1

이제껏 보아 온 것들과
오늘도 흉허물 없이 만나는 것들
굳게 지켜 주리라던 믿음이
산산조각 날 때
미안하다 무조건 미안하다

생태하천 정비·2

한때는 강변의 경작지였던 자리
유난히 청둥오리 떼 많이 노닐던 해
내년에도 그렇겠지 무심결에 흘렀다 그렇게
흐르고 흘러 가버린 강물
제대로 작별 인사를 못했다

물 주름

물결은 주름살이다
바람 한 점 없는 날 그 환한 웃음살
겨우내 찬바람에 골을 파고는
우수, 경칩 쯤 지나
굳은 주름살 물에 풀어 펼친다

갓 꽃

한겨울 모진 추위로 일구어 온 깡다구
다른 풀들 뿌리로만 숨 쉴 때
양지바른 언덕 파랗게 이파리 늘어뜨리고
누구 하나 들여다보지 않아도
억수로 똘똘 뭉쳤다가 일시에 봄을 피워낸다

제2부

물무늬를 그리는 시간

강턱에 앉아 있으면
나를 읽는 물살 소리가 들려온다
자박자박 걸어와 내 마음을 읽고 단박에 물러가는 소리
반들거리는 물무늬가 햇살에 울렁거린다
내 웃음으로 마음 하나 얻는 강

강정에서

일제강점기 드들강에 제방을 쌓기 전
마을 앞으로 냇물이 흘러
내촌이라고 부른 마을 어귀 작은 동산
하늘 향해 팔각 정자를 세우고
흔들거리는 구름다리 건너던 사람들

갈림길

아스팔트와 흙길 중 하나를 고르라면
나는 유유히 흙을 묻히며 걷고 싶다
알콩달콩 들려주는 억새꽃 소란과
뱁새들 사랑 짝짓기 소리도 들으며 걸어가는 길
걷고 걷다보면 다 연인의 길이다

휴농은 있어도 강물은 쉬지 않는다

간간히 청둥오리 떼 수면을 헤치면
아침 해는 벌써 중천이다
손 짚으면 잡힐 듯 혁신도시 건물 지켜보다 돌아서서
억새들과 함께
햇살에, 굳은 몸 허물어 해바라기를 한다

왜가리 떼

눈 덮인 살얼음 위로 바람만 세찬데
뭐 할라고 예까지 왔을까
온 목적조차 잊어버린 하얀 머릿속
얼음장 아래로 흐르는 물이 따뜻하다고
다들 천연의 구들장에 한발씩 지지는 거다

새들의 낙원

눈발 서걱이는 강변 마른 억새 길
강아지와 함께 앞서거니 뒤서거니 걷는다
내 발자국은 저만큼 청둥오리 소리를 줍고
강아지는 꽁무니 빠지게 달려가며
바람 뒷전을 휘젓는다

버드나무 돌아오다

오래전엔 강가에 버드나무가 참 많았다
강물이 범람하면 흘러 온 쓰레기를 걸러주고
수위 경계를 가르쳐 주던 나무를
다 파헤쳐 사라진지 오래더니
어떻게 길을 알고 다시 돌아 왔을까

물오리 떼

카메라에 찍힌 물오리 발가락이 빨갛다
자꾸만 오목가슴이 시리다
오늘도 물 위에 썼다 지우고 다시 쓴
행서 혹은 초서를 두고
눈발이 퍼붓는 하늘로 점점 사라진다

강 노을을 보며

하루 종일 난장 같은 땡볕에 이파리가 탔다
그늘 한 곳 없이
이승의 잔가지가 타들어 가는 동안
오늘도 그림자를 향해 작별 인사를 하고
강물을 물들이는 너를 망연히 바라보는 것이다

초여름

촉촉이 젖어드는 개나리꽃 향 너머
동구 밖 수탉 홰치는 새벽
밤새 뒤척이다가
더는 아프지 않기 위하여
몸과 마음을 함께 불러 강변을 걷는다

겨울비

겨울을 흩뿌리는 비는 추억이 흘리는 눈물만 같다
한 해 끄트머리에서 몇 순 주고받은 술잔
술자리를 나오면 뻥 뚫린 허우룩함은 웬 투정일까
다 저녁 그래도 누군가와 나누는 말이 있다는 건 얼마나 고마운가
세상은 여전이 음침하고 뒤돌아보면 아련한 시간이 내린다

금계국

봄꽃 다 진 뒤
화려한 이름을 노랗게 물들여 놓으면
내 대신 저 웃음소리 그윽한 꽃길에
검은등뻐꾸기는 새벽부터 저녁 깊도록
홀딱 벗은 메아리를 펼쳐 놓는다

제3부

흐르는 일

날마다 있는 듯 없는 듯
그 자리에서
물살만 오고 가는 것을 보면서
한 세월 감쪽같이도 보내는
그대는 마냥 그대로인가

회귀

갈색으로 물든 억새가 꺾어진다
크고 작으나 다 똑같이 드러눕는 저 땅
마른 풀숲에 때 늦은 들꽃이 피다 절명해도
깡마른 뿌리는 한겨울 흙속을 더듬고
겨울 새 떼는 물에 뿌리를 내린다

고요

반들거리는 물무늬가 햇살에 울렁거린다
오래 묵어 옹이가 박혔거나
미처 다스리지 못한 광폭한 마음도
물결에 휩싸여 떠내려가는 것을 본다
이윽고 듣도 보도 못한 마음 하나 얻는다

하얀 마음

저 새는 강의 수심을 물끄러미 들여다보고 있는가
여태 내 마음도 네 마음도
그 한 소절조차 제대로 읽지 못해 온 것인데 그것은
다만 쉬 엎질러질 수 있는 물이라는 사실을
강과 함께 거닐며 배운다

그리움은 기다림으로 피우는 꽃이다

핀다 하면서도 언제 필지 모르겠다는 듯
도리질하는 달맞이 꽃
궁금증을 참지 못해
카메라를 들고 여기 저기 쫓아다니는데
저 낚시꾼은 시간을 잊은 채 물살에 귀를 틀고 있다

예감

간질간질한 물소리가 촉촉하게 젖는 물 위로
하늘이 종일 붙박혀 있다
마른 풀 속 뱁새가
사각사각 주고받는 은밀한 이야기를
바람이 모르는 척 엿듣는다

사월, 낙화

배수장 앞 벚꽃 화르륵 피더니
이른 낙화에 연두 싹이 귀를 쫑긋한다
물 위로 풀풀 흩날리는 꽃잎들
와와 밀려왔다 우우 사라지는
주름진 시간의 꽃잠이 이렁저렁 깊다

견디는 일

갈대 메마른 잎 메아리도 없이 휘날리는 강
가는 곳을 모르고서도
사시사철 밤과 낮을 나직이 찰랑거린다
살랑대는 이른 봄 어귀에
다시 목청 푸른 순 한 촉 내놓았다

강에서 듣다

한 무리 물 새 떼
한겨울 강 소식 들으러 잰걸음으로 다가가지만
어설피 다가갈 수 없는 살얼음판
쟁쟁 언 바람이 속을 후벼 파는 자갈을 헤집고
머리를 숙여 물소리에 귀를 적신다

소리가 사는 곳

그의 몸을 건들면 웃음 간드러진다
쏟아지는 억만금의 음률
흘러 온 것들로 채워진 그 몸은 속까지 훤하다
잠시 왔다가는 검은 천사들의
날선 소리 번지는 까마득한 저물녘

태풍

바람 한 점 없는 날은 희미하던 물 주름이
태풍에는 골 깊고 매서워진다
제 속의 분노를 붉은 흙탕물로 게워내는
오늘 강의 메아리는
상처를 입고 포효하는 호랑이 울음 소리였다

민들레

자전거 도로에 활짝 핀 민들레
팔랑팔랑 흰나비 한 쌍 앉자
햇살도 따라와 드리운다
누군가 발자국 소리에도 가만가만
오래도록 둘은 그림이 되었다

제4부

하지

아침부터 하우스 앞 자두나무가
매미 소리를 끈질기게 내뿜는다
멧새들도 지지 않고 지저귀고
드들강 물살 더 빠르다
그래선지 어젯밤은 유난히 짧았다

봄이 흐르는 강

수막*을 끄러 가는 동안
해는 산등성이를 물들이나 싶더니
이내 훌쩍 솟구쳐 오른다
삭아가면서도 주저앉지 못한 채
꼿꼿이 선 마른 억새가 햇살에 선명하다

* 겨울동안 하우스 작물의 보온을 위해서 설치한 지하수를 이용한 난방장치

인연

일없이 낡은 벤치에 누워
노루 꼬리만 한 햇살의
간지러운 소리를 듣는다
마른 억새와 갈대를 끌고 가는
사랑할 시간조차 짧은 겨울

겨울 꿈

보이지 않고 잡히지도 않는
한계점 같은데서 누군가가 뭐라고 한다
꿈에서 깨어
꿈속의 몽돌을 어루만지면
손등은 찬데 손아귀가 따스하다

새로운 것에 대하여

은회색 하늘을 나는 왜가리
번쩍거리는 금속성 소리를 냅다 내리꽂고는
강 하구 쪽으로 내뺀다
그 소리 속에서 풀은 오밀조밀 돋고
햇살은 그 위에 점점 푸른 옷을 입히고 있다

물안개

어디서부터 밀려와 꽉 들어차 있을까
한치 앞도 보이지 않는다
사는 게 참말로 한치 앞도 모르는 것이라는
그 한 마디를 위해 이리 길을 막는 것이라면
그래 알았다! 이만 그 말을 거두어라

산길

덤불 짙은 숲을 지나 오는 동안
오늘은 꼭 들꽃을 볼 것 같은 기대감에
젖은 흙 미끌미끌해도 발은 가볍다
마른 풀 속 메추리알을 피해
잔가지를 잘라 낸 느티나무는 한결 푸르다

새벽 강

지난 밤 소리 없이 떠난 이는 누구일까
하루를 끝내고 쉬는 것과
하룻밤을 쉬고 또 하루를 맞는 일이 어떻게 다른가
애먼 물살 소리만 고요를 다독거릴 뿐
강은 저렇게 흐르고 또 흐르고 있다

여전히 흐른다

억새가 몇 번의 서리에 갈색으로 탈바꿈하는 동안
나는 대체 무엇을 하고 있었던 것일까
서늘한 물소리를 입에 문 청둥오리 떼가
주름진 노을을 휘저으며
꿈인 듯 가닿을 미망의 세계를 몰고 간다

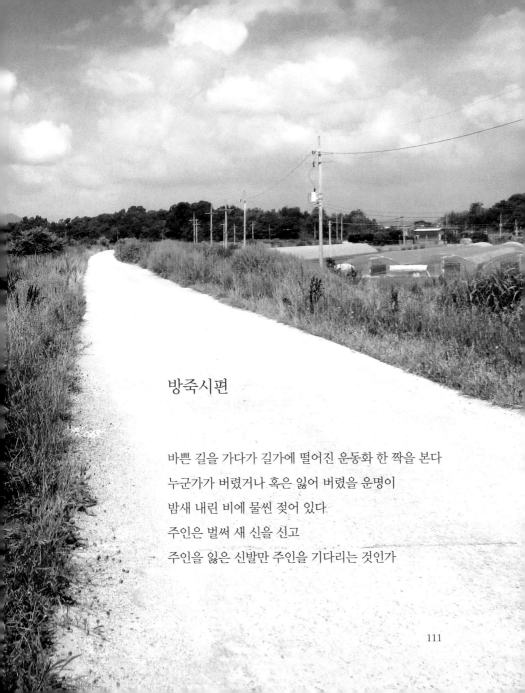

방죽시편

바쁜 길을 가다가 길가에 떨어진 운동화 한 짝을 본다
누군가가 버렸거나 혹은 잃어 버렸을 운명이
밤새 내린 비에 물씬 젖어 있다
주인은 벌써 새 신을 신고
주인을 잃은 신발만 주인을 기다리는 것인가

수양버들

강 건너편에선 송홧가루 날리고
수양버들은 간지러운 가지를 강 쪽으로 늘어뜨린다
한때 한 사내가
한 여인을 데리러 간다고 들어간 방
들어 간 문은 있어도 나오는 문이 없다는 저 물속

아침

방죽 길을 가다 죽은 까치를 본다
추위 속 강풍에 날개가 휘말렸을까
머리에 엉겨 붙은 핏자국이 선명하다
돌아갈 곳 없는 노숙자를 덮은
한 장의 낡아빠진 신문지

제5부

틈

금계국 , 달맞이 꽃 , 타래붓꽃 , 클로버
단단한 콘크리트 틈에 뿌리 뻗고 크는 민들레
하늘 아래 목숨은
저 틈을 잠시 빌렸다 가는 것
숲속 물 수렁, 미꾸라지도 생생生生하다

노을 든 강

물결이 노랗게 파마를 했다
억새들은 제 몸의 푸름도 놓아두고
깊어가는 물소리를 듣는다
한 때의 붉은 강물도 어둠 속으로 잦아들고
길만 풀벌레 울음에 젖어 소란하다

겨울 강

햇살 한 잎 입에 물고
청둥오리 떼는
살 속까지 파고드는 차가운 물위를 떠다닌다
오래도록 새 울음에 젖은 물살이
마른 강판 같은 겨울을 건넌다

우수

강변 마른 억새를 펄썩 깔고 앉아
물소리를 듣는다
잔잔한 물의 숨결을 일렁이는 장난꾸러기 바람
하루 일을 마친 내 얼굴이 어두워 보인다고
파안대소 무늬를 만들어 주는 물 나이테

강에서 보다

멍석 돌에 앉아 바람을 불러다 앉히는데
불쑥 끼어든 왜가리 한 마리
숨긴 발톱 바짝 세워
순식간에 부리 가득 뭔가를 낚아챈다
강은 표정 한 번 바꾸지 않는다

여백

깊숙한 속내 거리낌 없이 다 보여주고
고달픈 하루를 제 몸으로 씻는 강
오늘도 철마다 찾아오는
새들의 날개깃을 어루만져
바윗돌에 가만히 걸쳐 놓는다

저녁노을

강 수면을 물들여 놓은 홍조
내 마음도 붉게 물든다
마른 억새 속 뱁새 소리 비! 비! 비!
저무는 강물엔 저 울음뿐 아니라
고단한 땀도 얼큰하게 놀고 있다

강변 길

강을 따라 걷는다
몇 걸음 가다 들여 다 보는 강
그 끝이 어딜까 망설여질 때
나란히 강을 지켜보는 능수버들 두 그루
오늘따라 두서없이 다정하다

드들강에 붙박힌 강심江心의 분산화음分散和音

김규성 시인

1.

섬진강하면 선뜻 김용택의 시가 떠오른다. 김도수 시인 역시 섬진강을 사랑하며 지킴이를 자처해 왔다. 그런데 그들이 주로 머무는 영역은 섬진강 상류에 속한다. 중류에는 〈섬진강 도깨비 마을〉 촌장으로 동화작가이자 조각가, 작곡가인 김성범 시인이 터 잡고 있다. 섬진강 강촌에서 태어나 자란 그는 섬진강을 떠나서는 삶을 이야기하기가 낯설 열정으로 섬진강과 그 주변을 닦고 가꾸는데 땀을 쏟고 있다. 섬진강 민담과 전설을 동화에 담는 마음으로 아이들이 도깨비처럼 상상의 세계에서 뛰놀 수 있는 섬진강식 어린이 세상을 일구고 있는 것이다. 한강은 조정래의 대하소설을 낳고, 금강은 신동엽에게 제 이름을 딴 대서사시를 선물했다. 그들에게 절대적 권리를 부여한 것은 아니지만 자의든 타의든 간에 그들은 상징적으로 각자의 강을 선점한 기득권자에 속한다. 새삼 문학의 위력을 실감케 하는 대목이다.

여기에 영산강이라고 예외일 수 없다. 일찍이 나해철 시인과 이수행 시인이 각각 고향의 추억이 어린 영산강에 한 권의 시집을 바친 바 있다. 그리고 이제 김황흠 시인이 영산강의 상류인 드들강을 이름으로 빌린 시화집을 선보이게 되었다.

강을 노래할 경우, 얼마나 순결한 맨발의 발자국을 강의 영토에 지문으로 찍고, 낮고도 해맑고 깊은 어조를 강과 강을 둘러싸고 있는 강의 언어권에 맞추느냐에 따라 그 자격이 주어진다. 그리고 인간의 시니피에가 강의 시니피앙과 일치해야만 득음의 경지에 이를 수 있다. 그것은 강과의 온전한 소통을 의미한다. 그 심판관은 강물과 물새, 철 따라 강변에 피는 꽃과 풀들이다.

갈대 메마른 잎 메아리도 없이 휘날리는 강

가는 곳을 모르고서도

사시사철 밤과 낮을 나직이 찰랑거린다

살랑대는 이른 봄 어귀에

다시 목청 푸른 순 한 촉 내놓았다

– 「견디는 일」 전문

그런데 이 부분에서 김황흠은 독보적 위치를 차지한다. 대개 회한이나 추억에 젖어 과거의 강을 회고하거나, 세상의 익숙한 어투로 미래의 강을 노래하지만 김황흠 시인에게 드들강은 언제나 현재형이다. 일터이며 자전거 도로이며 산책로다. 행여 드들강에 돌발 상황이 일어나지나 않았는지 밤 새워 지켜보는 순찰구역이기도 하다. 그는 잠자는 시간만 빼고는 일과를 온통 드들 강변에 바친다. 그는 드들강이 좋아서 그 품안으로 이사 온 후부터 시공의 경계를 넘나들며 드들강과 함께했다.

드들강은 영산강에 속한다. 하류가 없이 강이 이루어 지지 못하듯 상류가 없는 강도 있을 수 없다. 드들강과 영산강은 한몸이며 동의어인 것이다. 그럼에도 영산강은 드들강을 샛강쯤으로 거느리는 데 익숙하다. 대외적으로 드들강은 영산강의 미명하에 그 존재가 아예 묻히고 만다. 그러나 상류가 맑아야만 강은 강다울 수 있다. 그런 의미에서 드들강은 영산강의 생살여탈권을 선점해 왔다.

그 사실을 누구보다도 잘 아는 김황흠 시인은 드들강을 살려 영산강을 영산강답게 하는 데 진력한다. 그러니까 그는 드들강 시인이며 영산강 시인이기도 하다. 이는 드들강이나 영산강이 흔쾌히 동의한 부분이다. 그런데도 김황흠은 영산강 시인보다는 드들강 시인으로 만족한다. 그러기에 이번 시화집 제목도 영산강 편지가 아닌 「드들강 편지」로 했다. 여기에서 한 가지 사실에 주목할 필요가 있다. 그에게 드들강은 영산강일 뿐만 아니라 대자연이며 우주다. 드들강 시인만으로 그의 세계를 조명하는 필요충분조건이 다 갖추어진 것이다. 이는 소탐대실의 어리석음을 경계할 줄 아는 지혜를 드들강에서 배운 결과다. 「드들강 편지」는 드들강 만의 독점이 아니라 고유명사를 지우고 보통명사로 그 영역을 무한 확장하고 본연의 목청을 돋운 강, 즉 우주의 합창인 것이다.

> 핀다 하면서도 언제 필지 모르겠다는 듯
> 도리질하는 달맞이 꽃
> 궁금증을 참지 못해
> 카메라를 들고 여기 저기 쫓아다니는데
> 저 낚시꾼은 시간을 잊은 채 물살에 귀를 틀고 있다
>
> — 「그리움은 기다림으로 피우는 꽃이다」 전문

그의 이번 시화집은 세 번째 시집에 속한다. 그러나 정확히 이야기하면 그의 시집 중에서 가장 먼저 시작되어 가장 오래 걸린 셈이다. 드들강변에 터 잡자마자 시를 쓰기도 전부터 강과 어울려 노래하며 가슴 속 깊이 담아 온 한 풍경, 그리고 첫 시집과 제2시집 이후의 노래를 이

시화집이 옴니암니 담고 있기 때문이다. 그러니까 첫 시집 『숫눈』도 제2시집 『건너가는 시간』도 대서사시 『드들강 편지』의 일부이다.

「드들강 편지」는 손 편지가 사라진 디지털 시대에 미처 물집 아물지 않은 손으로 쓴 아날로그 식 손 편지다. 그의 손 편지는 구구절절 영산강에게 띄우는 『길가메시』와 『기탄잘리』며 드들강의 모어를 세상에 전하는 유일무이한 번역서이기도 하다. 『파우스트』가 신화적 상상력의 산물이라면 『드들강 편지』는 강과 더불어 살아있는 신화를 창조하는 생명의 축제다. 그러기에 이 작업은 앞으로도 그가 살아있는 동안 계속될 것이다. 괴테가 파우스트를 60년 만에 완성한 것처럼 그 역시 먼 훗날 『드들강 편지』를 완성할 것이다. 그때면 그의 넋은 드들강의 시비로 세워지고, 그의 혼은 영산강과 함께 영원히 흐를 것이다.

갈색으로 물든 억새가 꺾어진다
크고 작으나 다 똑같이 드러눕는 저 땅
마른 풀숲에 때 늦은 들꽃이 피다 절명해도
깡마른 뿌리는 한겨울 흙속을 더듬고
겨울 새 떼는 물에 뿌리를 내린다

－「회귀」 전문

2.

영산강의 상류인 드들강 유역은 한 때는 유원지로도 꾀 번잡했는데 요즘은 수변공원으로 새롭게 단장돼 가고 있다. 유원지는 행락객을 유치하기 위한 상인들의 사적 욕구가 주체를 이루지만 공원은 시민이 주체가 되어 들꽃 한 송이까지도 공공의 소유로 가꾸며 그 혜택을 누린다. 그러나 이도 허울 좋은 외형상의 잔치에 그치기 쉽다. 자연의 순리를 거슬러 인간 중심의 과시적 치장에만 치중했기 때문이다. 드들강은 낚시터로 각광을 받았다. 지금은 잉어나 붕어 정도지만 예전엔 가물치, 빠가사리, 장어, 다슬기 등 수많은 어패류가 살았다. 거기다가 겨울이면 드들강이 보여주는 무수한 청둥오리 떼의 군무는 강 따라 펼쳐지는 수려한 풍경 중에서도 단연 백미였다. 그러나 지금은 예전의 풍경은 찾아보기 어렵다. 무엇보다도 청정한 수질 그리고 사람과 강의 구분이 어렵던 평화롭고 자연스러운 정경은 회복될 기미가 없다.

한때는 강변의 경작지였던 자리
유난히 청둥오리 떼 많이 노닐던 해
내년에도 그렇겠지 무심결에 흘렀다 그렇게
흐르고 흘러 가버린 강물
제대로 작별 인사를 못했다

– 「생태하천 정비·2」 전문

이 강은 위쪽에 세계문화유산으로 등재된 고인돌 유적지가 있어서 지석천이라고도 하는데, 마을 사람들은 예로부터 그렇게 불러왔듯이 지금도 손쉽게 드들강이라고 부른다. 대개의 산과 강, 바위가 그렇듯 드들강도 그 아름다운 이름의 유래를 살피려면 밑도 끝도 없는 전설의 미로를 거슬러 올라가야 한다. 드들강에는 두 개의 전설이 아직도 승부를 가리지 못하고 있다. 그 하나는 드들이라는 처녀가 사랑하는 마을 총각 손을 잡고 돌 징검다리를 건너다가 그만 미끄러져 물에 빠진 데서 유래한다. 그 후 매번 비가 내릴 때면 디들!디들! 하는 소리가 들려서 그렇게 부르게 되었다고 한다. 그러니까 드들강은 '디들'이 와전되어 굳어진 이름인 셈이다. 또 하나는 강 주변에 둑을 쌓는데 계속해 무너지자 드들이라는 처녀를 제물로 바친 후 둑을 완성한데서 유래되었다는 전설이다. 어쩌면 디딜방아와도 관련이 있을 법도 한데 그 부분에 대해서는 별 말이 없다. 되도록이면 신화나 전설의 힘을 빌려 그 이름과 가치를 미화하려는 관습적 상상력 때문일지도 모른다.

강 건너편에선 송홧가루 날리고
수양버들은 간지러운 가지를 강 쪽으로 늘어뜨린다
한때 한 사내가
한 여인을 데리러 간다고 들어간 방
들어 간 문은 있어도 나오는 문이 없다는 저 물속

　　드들강은 화순군 이양면에 있는 증리 계당산 골짜기에서 발원하여 지금은 폐역이 된 경전선을 따라 흘러 화순 능주의 화순천, 나주시의 대초천, 노동천과 합류한다. 이어서 남평을 거쳐 산포면 내촌리 정강마을에서 광주 남구 대촌천과 합류한다. 이후 나주시 산포, 금천을 지나 광주시 승촌만에서 마침내 영산강에 이른다. 영산강의 수많은 지천 중 드들강은 광주 광산구의 황룡강과 더불어 가장 큰 지천이며 수질이 깨끗하기로 유명했다. 지금은 수심이 얕지만 옛날에는 배를 이용해 주로 나주평야의 곡식을 드들강을 통해 영산강으로 실어 날랐다. 그러기에 산포면 내촌리 앞 대촌천과 드들강이 합수하는 나루였던 목 앞의 산 아래는 예전에 꽤 사람들이 많이 살았다. 김황흠 시인이 둥지를 튼 드들강변 강촌은 행정구역상 광주의 변두리인 남구 대촌에 편입된 아담한 마을이다.

3.

　　강은 깊어지면서 넓어진다. 부드러움이 강한 것을 이기는 추상적 진리와, 물은 고이면 썩는 과학적 사실을 입증하는 데 일체의 시간을 투

자한다. 쉼 없는 흐름으로 제 몸과 혀를 씻고 다양한 샛강을 아우르며 미지의 세계에 이른다. 그러나 이는 인간의 상투적 언어의 눈에 비친 피상적 논리에 지나지 않는다. 강의 언어는 인간의 언어와는 다른 함량과 색채를 기표로 한다. 기표와 기의가 분리되지 않는 일차원적 구조이기 때문이다. 따라서 강에는 인간의 표현력과 논리로는 설명할 수 없는 순결한 내공과 비의가 담겨있다.

> 반들거리는 물무늬가 햇살에 울렁거린다
> 오래 묵어 옹이가 박혔거나
> 미처 다스리지 못한 광폭한 마음도
> 물결에 휩싸여 떠내려가는 것을 본다
> 이윽고 듣도 보도 못한 마음 하나 얻는다
>
> ─「고요」 전문

그런 강과 속맘을 털어놓고 소통할 수 있는 통로는 초언어적 직관에만 허용된다. 논리는 불완전한 존재인 인간의 언어가 직조해낸 불완전한 산물이다. 그러기에 변증법적 반론과 자기 부정적 모순을 필연적으로 내포하고 있게 마련이다. 그런데 시는 미완의 기호인 인간의 언어로 노래할 수밖에 없는 한계를 안고 있다. 여기에 또 인간의 속성이 곁다리를 걸친다. 인간의 특징적 성질을 인간의 속성이라고 할 때 이는 자연과의 대척점을 그 경계로 한다. 인간의 자연에 대한 시각에는 인간 중심 사고와 우월감이 가파르게 정복의 눈초리를 치켜 뜨고 있다. 자연은 인간의 생존을 위해 주어진 식량과 미각의 재료라는 인식에서 인간과의 관계가 시작된 것처럼 인간을 위한 일방적 이용 가치 면에서만 접근성을 띠게 되는 것이다. 굳이 속물근성이라고 비틀어서 부연하지 않아도 인간의 속성은 인간사회의 편익에 대한 점증적 욕구로 인해 천연의 본성이 마치 중독처럼 속화된 반자연적 불순을 뜻한다. 그레샴의 법칙에서 악화가 양화를 잠식하는 것처럼 사회적 속성이 자연적 본성을 퇴화시키기 때문에 인간과 자연의 거리는 회복 불능의 상태로 치닫고 있는 것이다.

> 이제껏 보아 온 것들과
> 오늘도 흉허물 없이 만나는 것들
> 굳게 지켜 주리라던 믿음이
> 산산조각 날 때
> 미안하다 무조건 미안하다
>
> — 「생태하천 정비·1」 전문

강과 대화를 나누기 위해서는 인간의 속성을 떨친 탈속이 필요하다. 이는 인간에게 요구되는 최소한의 전제 조건이다. 직관의 순수를 방해

하는 속성을 떨쳐내야만 온전히 자연의 품에 안길 수 있는 것이다. 이는 곧 인간의 속성에 가린 우주자연의 본성을 되찾는 것을 이른다. 인간의 본성은 자연의 성정과 다르지 않기 때문이다. 만물은 거슬러 올라가면 그 생명의 근원이 하나로 귀결된다는 다윈의 진화론과 같은 맥락이다. 그리고 우주 대자연과 인간이 둘이 아니라는 스피노자의 범신론과 맞닿아 있다.

김황흠 시인은 논리를 떠나 순수한 감성으로 다가갈 때 그의 진면목과 흉허물 없이 만날 수 있다. 최대한 꾸밈없이 어린 동자승으로 돌아가 만날 수 있다면 더욱 좋다. 그에게서는 강과의 오랜 교신에서 어느덧 몸에 밴 자연의 육성을 들을 수 있기 때문이다.

눈 덮인 살얼음 위로 바람만 세찬데
뭐 할라고 예까지 왔을까
온 목적조차 잊어버린 하얀 머릿속
얼음장 아래로 흐르는 물이 따뜻하다고
다들 천연의 구들장에 한발씩 지지는 거다

– 「왜가리 떼」 전문

4.

　드들강은 왜가리, 흑로, 청둥오리, 쇠물닭, 논병아리, 뱁새, 산비들기, 꿩, 뻐꾸이, 종달새, 버드나무, 벚나무, 느티나무, 이팝나무, 느릅나무, 개복숭아나무, 갯버들, 억새, 갈대, 야생 갓, 달맞이꽃, 메밀꽃, 야관문 등의 보금자리다. 무엇보다도 쉼 없이 물결치며 흐르는 물줄기가 드들강의 주체이다. 그 대자연의 반열에 감히 사람이 낄 수 있다면 단연 김황홈 시인일 것이다. 이때 그는 인위가 아니라 자연의 예찬자이자 파수꾼으로 자연과 함께 하게 된다. 그는 굳이 인간과 자연을 분리하지 않고도 자연스럽게 자연과 한 통속을 이룰 수 있기 때문이다. 그는 인간이 인위의 탈을 벗고 자연의 맨몸을 할 때만 우주의 일원일 수 있는 순리를 생득적으로 익히고 있는 것이다. 그래서 드들강은 그에게 피안인 동시에 차안이다. 이를테면 진여 (드들강)와 생멸(강촌)의 두 세계를 거리낌 없이 넘나들며 유유자적하는 불이문이 그의 거처다.

　　강변 길 따라 울타리를 이룬 조팝나무 꽃

　　화드득 꽃 세상을 이뤘다

　　겨우내 숨죽인 자리

　　텃세라도 부리듯 벌과 나비 찾아들고

　　꽃 앞에서는 모두가 일동 경례다

　　　　　　　　　　　　　　　　　　　－ 「조팝나무 꽃」 전문

천차만별인 사람의 마음은 실질적으로 사람과 사람들을 판가름하는 잣대다. 그리고 그 눈금은 속성의 가면에 가려 좀처럼 정체를 찾기 어려운 본성이다. 따라서 그 마음이 얼마나 본성에 가까운가에 따라 참다운 인격의 실체가 드러난다. 본성에 가까울수록 인간세계를 넘어 우주로 그 영토가 확장되고 그만큼 삶의 질과 운신의 폭이 커지는 것이다. 그런데 김황흠 시인은 일부러 닦지 않고도 본성에 가까운 천연의 영혼을 지니고 있다. 타고난 축복이다. 물론 이에는 드들강의 숨은 내조가 한 몫 단단히 거들고 있다.

그는 이 순간도 강변을 순찰 중인 발길과 숨결 따라 은연중에 강심이 몸에 배어 강과 시가 한몸을 이루는 황홀을 즐긴다. 인간은 꾸밈없는 동심의 자연스러움을 간직할 때 본격적으로 자연에 합류하는 특혜를 누릴 수 있다. 아무리 청정하고 아름다운 자연환경이 주어져도 그 축복을 함께 누릴 수 있는 순수한 마음 바탕이 없이는 한낱 그림의 떡일 뿐이다. 이 점에서 김황흠 시인은 축복 받은 사람이다. 그의 타고난 순수와 드들강 권역의 청정한 자연환경이 한 데 어우러져 늘 푸른 생명의 찬가를 합창하기 때문이다. '새들의 낙원'인 드들강은 김황흠 자신, 그리고 인간의 낙원일 수 있는 것이다.

눈발 서걱이는 강변 마른 억새 길
강아지와 함께 앞서거니 뒤서거니 걷는다

내 발자국은 저만큼 청둥오리 소리를 줍고

강아지는 꽁무니 빠지게 달려가며

바람 뒷전을 휘젓는다

– 「새들의 낙원」 전문

　한편, 그는 드들강을 지켜보는 것 못지않게 세상의 흐름에도 민감하다. 이를테면 촛불 행진의 맨 앞에 서거나 온라인을 통해 격정적 목소리를 거리낌 없이 쏟아낸다. 도저히 세상의 거짓과 부정, 갑질을 외면할 수 없는 그의 순수 의지가 바짝 깃을 세우기 때문이다. 이때면 자칫 그의 여리고 예민한 순정이 세상의 풍파에 휩쓸려 혼탁의 무게를 이기지 못하고 뜻하지 않은 상처를 입게 될지도 모른다는 염려로 불안하다. 세상이 혼탁할수록 그의 순수는 뜨거운 사회적 열정으로 휘발해 예기치 않은 충돌에 직면할 수 있다. 그의 탈속적 '직관의 언어'가 세상의 날선 '논리의 언어'와 부딪쳐 소통 불능의 상태로 번질 경우이다. 이때 그의 의지는 순수의 순도에 비례해 격렬해지고 이는 세상에 대한 급격한 절망으로 환치될 소지가 있다. 그리고 그 미해결의 울분에 무기력할 수밖에 없는 자신에 대한 책망으로 내상이 깊어질 우려가 있다. 세상이 드들강처럼 맑고 평화롭지 않는 한 그에게는 겨울비처럼 음산할 수밖에 없기 때문이다.

방죽 길 얼어붙은 서리를 밟는다

밟혀야 비로소 껍데기를 깨트리는

저 속의 웅어리는 날선 사금파리다

강물은 얼마나 많은 청둥오리 떼 부리에 쪼여야

그 아픈 내장으로 굽이굽이 서해에 이를까

-「한줄기로 흘러 어디에서 만나는가」 전문

겨울을 흩뿌리는 비는 추억이 흘리는 눈물만 같다

한 해 끄트머리에서 몇 순 주고받은 술잔

술자리를 나오면 뻥 뚫린 허우룩함은 웬 투정일까

다 저녁 그래도 누군가와 나누는 말이 있다는 건 얼마나 고마운가

세상은 여전이 음침하고 뒤돌아보면 아련한 시간이 내린다

-「겨울비」 전문

그러나 이는 아무래도 기우에 불과할지 모른다. 그에게는 "다 저녁 그래도 누군가와 나누는 말"을 간직하고 있는 저 유장한 드들강이 뒤를 받쳐주고 있다. 아니, 그의 내면 깊숙이 청명하고 고요한 드들강이 흐르고 있다. 신앙인들의 기도 속에 신이 자리 잡고 있듯이 그의 호흡마다 드들강이 그림자처럼 공존하고 있는 것이다. 그 든든한 우군은 김황흠 시인에게 평소 강에서 익힌 자연치유력으로 평상심을 되찾고

스스로를 새롭게 추스르도록 부추긴다. 그가 숱한 악조건을 훌훌 떨치고 일어서는 남다른 회복탄력성의 비결이다. 김황흠 시인은 어디를 가나 천상 드들강에 붙박힌 강심江心의 분산화음일 수밖에 없는 것이다. 아래의 시에서처럼 드들강은 항상 그 자리에 있기 때문이다. 그리고 그 자리는 그의 마음자리이다.

수고로운 일로 미처 지켜보지 못한 틈에도

강은 마냥 푸른 시간이다 그 흐름으로

하늘을 담아내는 강물은

기다리지 않아도 오고

배웅하지 않아도 모래톱 건드리며 간다

– 「너는 거기에 있고」 전문

풍경과 시가 흐르는
드들강 편지

초판1쇄 찍은 날 | 2018년 10월 24일
초판1쇄 펴낸 날 | 2018년 10월 29일

지은이 | 김황흠
펴낸이 | 송광룡
펴낸곳 | 문학들
등록 | 2005년 8월 24일 제2005 1-2호
주소 | 61489 광주광역시 동구 천변우로 487(학동)2층
전화 | 062-651-6968
팩스 | 062-651-9690
전자우편 | munhakdle@hanmail.net
블로그 | blog.naver.com/munhakdlesimmian

ⓒ 김황흠 2018
ISBN 979-11-86530-53-5 03810